El perro escritor
y otras historias

El perro escritor y otras historias

Jorge A. Estrada

Ilustraciones de Paul Piceno

NOS
TRA
EDICIONES

El perro escritor y otras historias
Jorge A. Estrada

Primera edición: Producciones Sin Sentido Común, 2015

D.R. © 2015, Producciones Sin Sentido Común, S.A. de C.V.
    Avenida Revolución 1181, piso 7,
    colonia Merced Gómez,
    03930, México, D.F.

Edición: Norma Alejandra López Mohedano
Corrección: Arely Heredia Barreda
Diseño y formación: Sandra Ferrer Alarcón y Judith S. Durán

Texto © Jorge A. Estrada
Ilustraciones © Paul Piceno

ISBN: 978-607-8237-92-0

Impreso en México

Índice

Para Daniela y Magdalena

El hallazgo de Santiago

Santiago era un niño que nunca se encontraba nada en el piso. Y aunque lo deseaba con todas sus fuerzas, jamás había tenido la suerte de tropezar con algo que pudiese recoger. De memoria conocía las historias de personas que al menos en una ocasión hallaron algo mientras caminaban distraídas por la calle. Como su mamá que en un zoológico encontró un anillo de plata, o su tía Marisela que se tropezó con una radiografía de rodilla, incluso el jardinero que encontró entre las raíces de un arbusto una moneda del año de su nacimiento.

En todo eso pensaba Santiago cierta tarde que volvía de la tienda. Lamentaba su suerte mientras daba de brincos para esquivar los charcos que había dejado una gran tormenta. Para no mojarse los zapatos y por si acaso encontraba algo,

Santiago caminaba como siempre lo hacía: mirando al piso.

Tras andar un par de calles, poco antes de llegar a casa, vio en el suelo algo que iluminó su mirada. El niño no podía creer lo que tenía frente a sus ojos, se trataba de la recompensa a su paciencia. Santiago, el que nunca encontraba nada, halló tirada en el piso a una pequeña nube que se había caído del cielo por la tormenta. Con muchísimo cuidado la recogió y emocionado la llevó a su casa.

En su habitación se podían ver muchos caracoles, pues su colección era de casi mil piezas. Los había de plástico, peluche, cristal, madera y en todos los tamaños. También había una ventana que daba al jardín. Santiago entró corriendo y depositó a la nube (que tendría el tamaño de tres bolas de helado) sobre un cojín acolchonado. Después, sacó una caja de zapatos vacía y rellenó el interior con algodón. También echó agua fresca en un plato hondo y al final descansó a la nube sobre el algodón limpio.

Durante mucho tiempo Santiago estuvo contemplando la forma de la nube del mismo modo que ella lo miraba a él. Era algo bueno lo que había encontrado, había valido la pena la espera. Más tarde, les enseñó a sus padres el hallazgo. Ellos se alegraron por él, admiraron a la pequeña y le dieron suaves apretones; tras platicarlo durante un rato le permitieron conservarla, siempre y cuando se responsabilizara de ella. Ahora él era el encargado de cuidar lo que había encontrado.

Así pasaron la primera noche juntos: la nube recuperándose y Santiago velando por su salud. Cada media hora, el niño removía con sus manos limpias los restos de tierra y peinaba con sus dedos los esponjosos bordes blancos de la nube.

Por la mañana, antes de irse a la escuela, Santiago comprobó que la nube lucía mejor, estaba más rechoncha y casi sin polvo. Tranquilo se fue a clases, pero allá no dejó de pensar en ella. Mientras su maestra hablaba y hablaba, él sólo pensaba en su nube y en lo que estaría haciendo ella mientras él coloreaba mapas.

Cuando volvió a casa, descubrió a la nube volando en su cuarto. Desde que ella lo vio entrar, aumentó su velocidad al mismo tiempo que subía y bajaba por toda la habitación. El niño se percató con sorpresa del crecimiento de su hallazgo, pues ahora tenía el tamaño de una llanta.

En vez de preocuparse, jugaron un rato a las escondidas; después Santiago se sentó en el escritorio e hizo su tarea mientras la nube sobrevolaba la habitación.

En la noche, antes de dormir, Santiago observó a su nube más gorda y más gris; primero, tuvo miedo de que estuviera enferma, pero de pronto se le ocurrió una idea de por qué podía estar así. De inmediato fue al jardín por dos macetas y las llevó al cuarto, las colocó debajo de la nube y retrocedió. La nube, al ver las plantas, descendió sobre ellas y, poco a poco, comenzó a soltar pequeñísimas gotas de lluvia que fueron aumentando de intensidad hasta convertirse en mucho más que una llovizna.

El ruido del aguacero arrulló a Santiago, quien cayó dormido con la ropa puesta y sin poder apagar la luz. La nube, una vez que terminó su pequeño chubasco, miró al niño dormir y elevó su vuelo para cubrir el foco, como si se tratara de una diminuta luna. De esa forma el cuarto se sumió en penumbras.

Cuando Santiago despertó a la mañana siguiente pensó que estaba soñando pues el tamaño de su nube era casi del doble que la noche anterior. Rápido fue por todas las macetas que existían en la casa, pero fueron insuficientes, ya que la lluvia inundó el piso del cuarto sumergiendo a los caracoles acomodados en el suelo.

A partir de esa tarde, la nube tuvo que irse al jardín pues ya no cabía en el cuarto, su tamaño era igual al de un hipopótamo. La primera noche que pasaron separados Santiago se sintió mucho más triste que en los días cuando no encontraba nada. La nube lo miraba sufrir a través de la ventana y hasta intentó entrar pero no cupo, entonces recordó la madrugada en que él veló por ella y con ese recuerdo pasó el resto de la noche cuidándolo desde afuera.

A la mañana siguiente, la nube amaneció del tamaño de una ballena y flotando por encima de la casa. Para ese momento, Santiago había pensado mucho en lo que ocurriría en adelante, pues como le habían dicho sus padres: tenía una responsabilidad que cumplir y debía de apresurarse, pues la nube comenzaba a pintarse de un tono gris que pronosticaba un terrible diluvio que seguramente inundaría a toda la colonia.

Así fue que Santiago subió a la azotea donde estaba la nube esperándolo. En un principio intentaron jugar a las escondidas como lo hacían antes, pero con el tamaño de la nube era imposible esconderse. Santiago sabía que era hora de hablar seriamente, era tiempo de que la nube se fuera volando al cielo para reunirse con otras como ella.

Tanto le dolía a la nube despedirse que al principio no quería volar, Santiago tuvo que empujarla con todas sus fuerzas. Sólo así ella entendió que era lo mejor. La nube se acercó a donde estaba él y, al abrazarlo, lo sumergió en su vapor blanco dejándolo todo empapado. Las lágrimas que aparecieron en los ojos del niño pronto se mezclaron con las gotas de lluvia.

Tras la despedida, ella se elevó muy despacio y, una vez que alcanzó el cielo, se mezcló con un grupo de nubes que pasaban por ahí. Santiago sabía que era lo mejor y, aunque estaba triste, no bajó la mirada hasta que las nubes se alejaron y el cielo se quedó azul por completo.

Sin embargo, Santiago y su nube no dejaron de verse. Porque cuando él camina ya no sólo ve hacia el piso, mira ahora hacia al cielo y ahí suele encontrar a su nube, volando justo encima de él. Si tiene calor, ella le arroja un chorro de agua. También lo ayuda a encontrar objetos sin dueño y la mayoría de las veces hace figuras de caracoles para divertirlo. Por eso es que a veces entre las nubes apreciamos a una con forma de caracol. Ésa es la nube saludando; es el hallazgo de Santiago.

La garrapata desamarranudos

Hasta hace no mucho tiempo, las más repudiadas de las criaturas pequeñas eran las garrapatas. Sus primas las arañas y sus primos los escorpiones se avergonzaban de ellas y las negaban afirmando que no pertenecían a la misma especie: "Ellas son parásitas", aseguraban. Los parásitos por su parte, hablaban de pruebas que colocaban a las garrapatas como insectos, mientras que los insectos ni siquiera se tomaban el tiempo de responder a tales acusaciones. Pero esta nefasta actitud de rechazo cambió gracias a una garrapata: la garrapata desamarranudos.

Esta garrapata de estatura baja (apenas 13 milímetros) nació en el descuidado pelo de un perro callejero. Huérfana y sin parientes cercanos, creció sola entre los enredados pelos del can vagabundo. Desde muy joven desarrolló una gran imaginación, pues no hay mucho que hacer entre los pelos de un perro sucio, por eso comenzó a ocupar su tiempo desamarrando nudos de pelo. Todos los días, tras desayunar su dosis de sangre, se disponía a desanudar con sus ocho patas (aunque era más hábil con las cuatro patas izquierdas, ya que era zurda) los más complicados nudos que nadie pueda imaginar.

Así era feliz y se la pasaba bien. Se había convertido en una experta y no existía un nudo que no pudiera desamarrar. Sin hermanas ni hermanos, los nudos se habían convertido en su familia. Pero esa buena vida terminó cuando al perro vagabundo lo adoptó una familia que lo primero que hizo fue bañarlo y raparle la melena con una rasuradora eléctrica. Debido a esto, la garrapata perdió su hogar y anduvo sin destino, de brinco en brinco, por varias semanas.

Un día, mientras caminaba despreocupada, escuchó en el cielo unos zumbidos tan fuertes que la obligaron a parar. Se trataba de una pandilla de abejorros que se dirigía hacia ella. Antes de que la garrapata pudiera presentarse, o decir, o hacer nada, los abejorros la golpearon entre todos con minúsculos periódicos y revistas. Después de la golpiza, los cobardes abejorros huyeron y la garrapata quedó en el piso muy malherida.

Una vez que se levantó con dificultad, miró en uno de los periódicos el siguiente anuncio:

CONVOCATORIA

Se invita a todas las criaturas que pesen menos de 15 gramos al tradicional concurso de amarrar y desamarrar nudos.

La garrapata emocionada sonrió y continuó leyendo hasta que su mirada se nubló al descubrir, al final del anuncio, en letras muy pequeñas: "No se admiten garrapatas".

Del coraje tan grande que hizo la garrapata se desmayó. Horas más tarde despertó entre los pelos de otro perro. Una familia de garrapatas blancas la había rescatado, ahí fue donde conoció la opinión que los demás animales tenían de ellas.

Primero se puso triste ¿Por qué no las querían? ¿Qué tenían los otros que las garrapatas no tuvieran? Eso era discriminación. ¡Era hora de que alguien hiciera algo por cambiar las cosas! Decidida trazó un plan cuya primera parte consistía en tejer una máscara de estambre.

A la mañana siguiente, muy temprano se presentó enmascarada para inscribirse. Cuando los organizadores le preguntaron a qué especie pertenecía, ella fingió su voz y, con acento brasileño, aseguró ser una *Retrépoda Ricinus,* especie desconocida y en peligro de extinción proveniente de la selva del Amazonas. Ante dicha explicación los jueces no le hicieron más preguntas, temerosos de quedar en ridículo.

El resto de los concursantes eran: en peso ligero una pulga tuerta, un mosquito, un chapulín de ojos saltones, una hormiga negra y una polilla pigmea; en peso medio, además de la garrapata, una mosca verde, una avispa reina, dos abejas gemelas, una araña y una cochinilla; en peso pesado, un escarabajo, un ciempiés, una cucaracha, una libélula y dos alacranes güeros.

Una vez inscritos los concursantes, se dio paso a la inauguración. La celebración fue muy emotiva; primero, una oruga leyó unas palabras, después, un coro de grillos entonó el himno oficial y al final, cuando la noche cayó, decenas de luciérnagas se elevaron al cielo para formar en la oscuridad un moño de luz que anudaron y desanudaron simbólicamente. Después de esto, los participantes convivieron en la explanada donde se desarrollaría el evento. La garrapata, para evitar sospechas, prefirió retirarse a dormir temprano.

A la mañana siguiente la competencia dio inicio. La garrapata ganó la categoría de peso medio, aunque más por fallas de sus contrincantes que por habilidades propias. Las abejas se desvelaron tanto en la fiesta, que una de ellas enredó su aguijón en el hilo de su hermana.

La cochinilla se quedó dormida en plena competencia, la mosca verde jamás se presentó y la avispa reina amaneció con un fuerte dolor de cabeza que mejor se retiró. La araña, por su parte, intentó hacer trampa y los jueces la descalificaron.

Las otras categorías resultaron más reñidas, pero finalmente los ganadores fueron: en peso ligero, la pulga tuerta (campeona de años pasados) y en peso pesado, el nuevo favorito, el ciempiés.

La gran final comenzó a las ocho de la noche. Los tres finalistas pasaron la primera ronda: inventar un nudo ciego. La siguiente prueba consistía en dar instrucciones a un gusano para que desamarrara el nudo de un hilo de seda. La pulga y la garrapata pudieron culminar la prueba, pero el ciempiés, desesperado por la lentitud del gusano, lo golpeó impotente con sus cientos de patas por lo que quedó automáticamente eliminado.

Los movimientos de la pulga eran tan precisos que la enmascarada lucía angustiada, y es que si no ganaba, su plan se arruinaría y sus hermanas garrapatas seguirían siendo ignoradas. Ese coraje interno era lo que la mantenía dispuesta a luchar hasta las últimas consecuencias.

Entre el público, por momentos, algunos se inclinaban de lado de la campeona y otros por la retadora enmascarada. Las competencias fueron tan reñidas que continuaron hasta el día siguiente cuando a los jueces se les agotaron las pruebas. Era necesario inventar una nueva. Tras deliberar un rato decidieron que la primera en desamarrar un nudo de casi cinco centímetros de alto, con los ojos vendados y con una sola pata, sería la triunfadora.

La tensión en las tribunas era grandiosa, todos chiflaban y apoyaban a su favorita. Un grupo compacto de garrapatas (igualmente cubiertas por máscaras de estambre) apoyaban a su camarada que apenas y alcanzaba a reconocer los gritos. Así, con los ojos vendados, las dos finalistas se treparon a su nudo correspondiente y comenzaron a desanudar. Pasó una hora, luego otra, y luego otra. La garrapata decidió confiar en su instinto y, gracias a un giro en *u* de la pata izquierda, desamarró el complejo nudo y ganó la competencia.

Las multitudes la ovacionaron y la cargaron en sus hombros. La pulga tuerta reconoció su derrota y estrechó la mano de la vencedora. Los jueces la felicitaron también, pero para otorgarle el premio le exigieron que se despojara de su máscara. Era el momento de la verdad, y la garrapata lo sabía, así que orgullosa se desamarró las cuerdas hasta desprenderse por completo de la máscara.

Una vez que el público y los jueces descubrieron que la campeona era nada menos que una garrapata, guardaron silencio en señal de respeto. Las otras garrapatas se quitaron también las máscaras. No tuvo que decir ni una palabra la garrapata desamarranudos, pues en ese momento todos los asistentes le rindieron un merecido reconocimiento con aplausos prolongados.

Desde entonces se respeta a las garrapatas. Ahora, siempre se les invita a las competencias deportivas y culturales. Los triunfos de la garrapata desamarranudos continuaron. Como representante de las criaturas pequeñas, participó en importantes concursos de nudos. Compitió contra un leopardo, campeón de mamíferos, una lagartija, estrella de reptiles, y un murciélago, representante de roedores. A todos los derrotó y puso muy en alto el nombre de las criaturas pequeñas.

En una competencia no oficial se enfrentó a su máximo rival: un cangrejo gris de tenazas afiladas. Fue tan reñido el encuentro que debió declararse un empate. Esa noche, frente al mar y bajo la luna, el cangrejo y la garrapata se enamoraron y al día siguiente se casaron. Juntos, se convirtieron en investigadores de nudos históricos. Fruto de esa pasión, apenas en marzo pasado, salió al mercado el libro que todavía puede conseguirse en librerías de prestigio: *Los 1001 nudos más extraños (cómo hacerlos y cómo deshacerlos)*.

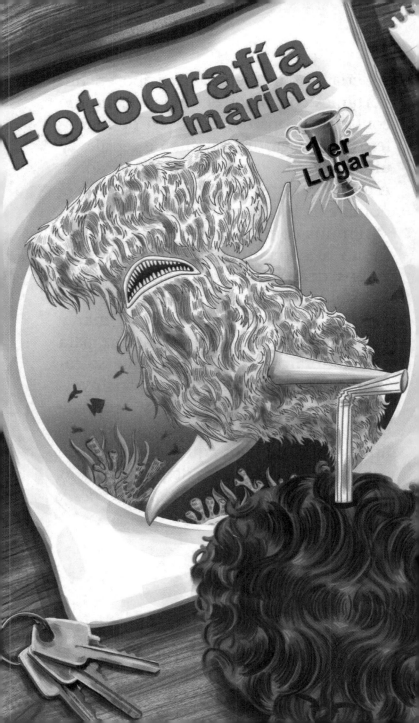

La insólita historia
de Pato Botello

A Patricio Botello nadie le dice Patricio, todos lo llaman Pato, Pato Botello. Pero ese apodo no es el motivo de esta historia. Tampoco lo es el gordo bigote que descansa sobre su boca, ni su formidable panza, ni mucho menos su rostro repleto de pecas. Lo insólito de Pato Botello es que a todo lo que él toca le crece cabello.

Aunque sea difícil de creer, cualquier cosa que sus manos rozan pronto poseerá vello. Si Pato toca una puerta, a la puerta le sale cabello; si lo que toca es una guitarra, pronto se convertirá en una guitarra peluda. Si Pato quiere unas uvas, al acariciarlas crecerán pelos en ellas. A tijeras, mangueras y hasta peras, por igual, Pato Botello les sacará cabello.

Despreocupado de su peculiaridad, Pato viaja siempre acompañado por su mejor amigo: Ponte Beluso, un hábil peluquero que se distingue por caminar muy derecho mientras silba melodías pegajosas y carga un portafolio verde, en el cual lleva más de 20 tipos distintos de peines y otro tanto de tijeras. Así, cuando Pato deja algo peludo, de inmediato Ponte Beluso extiende su portafolio, lo abre y tras reflexionar un poco, elige la tijera y el peine adecuado. Después de eso se dispone a despuntar a la recién crecida melena.

De este modo, la vida transcurría tranquila para los dos amigos, al menos, hasta el día en que decidieron salir de vacaciones a Ciudad Distante. El viaje no fue ningún problema, incluso fue divertido, pues Pato, para entretener a un niño mareado, le sacó pelos a las alas del avión. Todos rieron con ese episodio, eso estuvo bien, el problema empezó cuando llegaron a la ciudad. Allá ocurrió que en una glorieta Pato rozó sin querer la estatua de mármol de un ilustre héroe. Al instante, como imaginarán, el personaje con todo y espada desenfundada se cubrió de una espesa cabellera color madera. Al enterarse, las autoridades mandaron detener a Pato y lo enviaron a la cárcel.

Patricio Botello estuvo encerrado por 48 horas. Y sólo después de realizar numerosos trámites, Ponte Beluso lo rescató ofreciendo sus habilidades como peluquero: propuso rasurar el cuerpo de la estatua y dejar en su cabeza un corte de pelo más moderno. Así, una vez obtenido el permiso y una escalera lo suficientemente alta, trabajó por espacio de cinco horas. Silbando cumplió su promesa, subía y bajaba, cortaba y peinaba.

Una vez transcurrido el tiempo acordado, la estatua del viejo héroe lucía en su cabeza un corte elegante pero casual. Unas gordas patillas le cubrían los cachetes mientras el cabello rizado le caía por la frente. El bigote recortado lo hacía ver tan joven y atractivo, que se puso de moda. Primero, bautizaron con su nombre a un puente y luego hicieron una película sobre su vida. Incluso las palomas que antes dormían en sus hombros, ahora se apenaban de molestarlo. Los jueces perdonaron a Pato, pero le prohibieron dejar peludo a algún otro monumento.

A los pocos días de ser liberado, Pato recargó su mano un segundo en la base de un semáforo. De inmediato, unos pelos lacios cubrieron el metal deslizándose rápido hasta tapar las tres luces de colores provocando con ello un impresionante tráfico, que hasta hoy se recuerda como el más terrible en la historia de Ciudad Distante.

La policía no tuvo que buscar mucho al culpable. Una vez que lo encontraron lo capturaron y en la cárcel lo volvieron a encerrar. Pato estaba asustado, algo le decía que esta vez las autoridades no lo perdonarían. En silencio permanecía detrás de los barrotes de hierro que dejó completamente peludos.

Ponte Beluso solicitó nuevamente la liberación de su amigo, pero los jueces no tenían la intención de soltarlo. Por esa razón, el peluquero rentó una grúa y recortó los cabellos que cubrían las luces del semáforo. Como gesto de buena voluntad, dejó unas caras felices, hechas de los propios pelos, en cada uno de los tres faros de colores. Desde entonces, en esa calle se iluminan sonrisas rojas, amarillas y verdes, según cambia la luz. Pero eso de nada sirvió.

Pato sería llevado con el juez más viejo, quien era famoso por poseer el peor carácter.

Cuando el pobre Botello conoció su destino se soltó a llorar, pero luego hubo un detalle que lo tranquilizó y le devolvió la sonrisa. El juez de mal carácter era tan pelón como una sandía.

Antes de dictar sentencia, el juez enojón preguntó a Pato si deseaba añadir una última palabra, él tan sólo pidió acercarse para comentarle algo en secreto. El juez accedió, y desde que Pato le murmuró algo en voz baja en el rostro del juez se fue dibujando una sonrisa.

Minutos más tarde, aquella corte parecía una feria. Todos los hombres calvos estaban formados frente a Pato, quien conforme iba pasando les tocaba la cabeza. Con ese acto, de los cráneos desiertos brotaba cabello como un gran chorro de agua. El juez con su nueva y extensa melena se hizo una larguísima trenza. Al enterarse de esto, la gente comenzó a llenar la sala. Los niños pasaron también por las manos de Pato y obtuvieron sus grandes pelambres que se cortaban en formas extrañas y lo remojaban en gel, el juez les ayudaba en esas labores.

Aprovechando la situación, algunos llevaron a sus perros pelones para hacerlos peludos, otros cargaron con viejos abrigos raídos, tapices, cortinas, manteles y hasta hubo quien apareció con automóviles deportivos para que también tuvieran su cubierta peluda. Cuando finalmente acabó la sesión, el piso quedó inundado con fragmentos de pelos de todos colores, formas y tamaños. El pobre Beluso, después de la exhaustiva tarde, permaneció durante una semana con los dedos inflamados. Pero la jornada de trabajo de los dos amigos valió la pena, pues liberaron a Pato.

A causa de los acontecimientos presentados y para no ocasionar más daños, Pato decidió irse a vivir a una isla. Supuso que ahí no podría sacarle pelo al agua. Se cortó el bigote e inició un negocio de salvavidas peludos para épocas de frío (el establecimiento se localiza junto a la peluquería *Ponte Beluso*). Pato también aprovechó su habilidad para hacer cocos más peludos y en sus ratos libres se aficionó al buceo, aprendió los nombres de los peces y se dedicó a tomar fotografías subacuáticas que hasta la fecha envía a una importante revista de vida marina.

Hace poco, obtuvo un reconocimiento internacional por una fotografía sumamente original que mereció la portada de la revista. Se trata de la única imagen que hasta la fecha se tiene de una extraña especie de pez martillo, un peculiar ejemplar que, además de nadar sigiloso entre los arrecifes, destaca por estar cubierto, en su totalidad, de un espeso y fino pelambre gris.

El filósofo y las tarántulas

A los 98 años de edad murió el más importante entrenador de tarántulas del país. Su fortuna, su casa y sus tarántulas, según su testamento, serían entregados a su mejor amigo: Mingus, un joven filósofo, famoso por distraído y por buen cocinero. Mingus, gracias al dinero, ya no tendría que preocuparse por sus gastos, pues había suficiente para no pasar hambre durante años. Eso, siempre y cuando se encargara de las 415 tarántulas: 256 machos y 159 hembras.

Mingus aceptó sin dudarlo, quería mucho a su amigo y hubiera hecho cualquier cosa por él. Por esa razón empaquetó sus miles de libros en 60 cajas de cartón, llamó al camión de mudanzas y, tras cerrar por última vez la agujerada puerta del departamento en el que vivió tanto tiempo, se encaminó hacia su nuevo hogar.

Horas más tarde llegó a su nueva mansión. Acompañado de cinco musculosos hombres, Mingus entró a la casa para descubrir una multitud de tarántulas distribuidas por todos lados. Los hombres fuertes dejaron caer las cajas y huyeron aterrorizados. Mingus, por el contrario, recordó el espacio en el que tantas veces se había reunido con su amigo y se acordó de las pláticas que algún día tuvieron; esos buenos recuerdos provocaron un nudo en su garganta. Con los ojos húmedos, Mingus cargó y acomodó las cajas él solo.

Como no había muebles, los libros acomodados en montones se convirtieron en sillas, sillones, mesas y hasta libreros para otros libros. Mientras los acomodaba, encontró un libro que llamó su atención: *Instrucciones completas para cuidar de mis tarántulas*. La firma en la portada era la de su amigo, por eso lo abrió y leyó: "Capítulo I. ¿Cómo preparar el alimento de mis tarántulas?"

Al terminar de leer ese capítulo fue a la cocina, del refrigerador sacó lechugas, zanahorias rayadas, coles agrias y rábanos enanos. Eligió una de las recetas más sencillas: vegetales al cebollín. Con esmero cortó unos vegetales, los hirvió, sazonó y hasta les inventó aderezos. Cuando terminó, depositó la comida en el centro del comedor, hecho también de libros.

Mientras las tarántulas comían, Mingus se sentó en el suelo a trabajar y el tiempo pasó. Pronto las tarántulas terminaron de comer y para divertirse paseaban a su alrededor. Subían o bajaban por su espalda, colgaban de su cabellera o jugaban a perseguirse por entre sus piernas y brazos. Pero él estaba tan concentrado que ni se enteró. No fue sino hasta que alzó la mirada que vio a decenas de arañas peludas rodeándolo. Lejos de espantarse, Mingus tomó el libro y lo abrió. En ese momento una de ellas cayó del techo, Mingus esperó a que la araña se moviera de la página para ir al "Capítulo VI. ¿Cómo dormir a mis tarántulas?"

Según el libro, la mejor técnica para arrullarlas era platicarles o cantarles en voz alta. Como él no cantaba, decidió leerles lo único que tenía a la mano: sus recientes apuntes. Así fue que inició:

—Amigas tarántulas... –tras establecer una pausa, suspiró, miró a su público y continuó–, existe una verdad dolorosa que les debo de comunicar... ¡El mundo tiene caries! ¿Y saben qué? Yo no soy el dentista que lo va a curar, ni tampoco tú –dijo señalando a una tarántula que estaba sobre la lámpara–. Ni tú –añadió apuntando a otra que descansaba sobre un cojín–, porque saben, ese dentista no existe; lo que sí existe es la pasta dental que somos todos nosotros juntos.

Mingus, que esperaba una ovación tras la espectacular apertura, se quedó sin los aplausos, pues aunque las tarántulas parecían interesadas, ninguna lo demostró abiertamente, apenas una o dos parpadearon.

—Conque son un público duro, ¿eh? No importa, continuaré.

Durante más de tres horas, el filósofo destripó los problemas del ser y de la humanidad, explicó la delicada relación del tiempo con el universo y alabó el poder de nuestra mente. Era como si las arañas animaran su espíritu. Cuando al fin acabó, encontró que todas las tarántulas dormían profundamente. Algunas incluso roncaban. Tan agotado estaba Mingus que también él cayó dormido.

A lo largo de la siguiente semana, almorzaron siempre juntos. Al finalizar los alimentos, el filósofo dictaba a las arañas complejas charlas filosóficas. Él estaba inspirado y ellas ya no se podían dormir hasta que no hubiera terminado la exposición.

El día de su primera conferencia en años, Mingus se levantó temprano para bañarse. Hasta la regadera lo acompañaron nueve tarántulas; una se durmió sobre la esponja, otra encima de la llave caliente, mientras las restantes se remojaron junto con él. Ya seco, Mingus se vistió con su mejor traje de terciopelo y salió a la calle, no sin antes prepararles a las arañas su comida favorita: mosquitos a la mostaza. Pero iba tan distraído metiendo papeles en su portafolio, que sin querer, al salir de su casa, dejó la puerta abierta.

Cuando llegó al auditorio de la universidad, descubrió que estaba lleno de los más importantes filósofos del mundo.

Tuvo un poco de nervios, pero no había tiempo de dudar, de modo que salió al escenario. Estaba a punto de iniciar la conferencia, cuando el telón comenzó a pintarse con pequeñas manchas negras. Una filósofa alemana fue la que detectó que se trataba de tarántulas porque justo una le cayó en la falda. El grito descomunal de la dama alarmó a los demás y pronto todos corrían horrorizados a las salidas de emergencia. Mingus se quedó en el estrado emocionado por la fidelidad de sus tarántulas, tomó el micrófono y aseguró que no había problema, que ellas venían con él. Pero nadie lo escuchó...

—Así es que nos encontramos otra vez.

Las tarántulas veían a Mingus igual que lo observaban en casa: en silencio, quietas y con los ojos bien abiertos.

—Nunca se los había dicho, mis amigas, pero con ustedes mi genio florece, cuando veo sus ojos brillando, siento mi piel de mermelada y casi puedo percibir cómo las ideas recorren mi alma. ¿Pero por qué mejor no salimos al aire libre? Hace un día esplendoroso y no sería mala idea aprovecharlo.

Así fue que el filósofo salió del auditorio seguido por una larguísima hilera de tarántulas negras. Cada vez que pasaban cerca de alguna persona, ésta huía despavorida, aunque no por eso Mingus detenía su entusiasmado discurso.

—Las nubes son mucho más elevadas que nosotros; de hecho, cuando nos miran se burlan, pues nosotros, a diferencia de ellas, estamos condenados a tener siempre la misma forma.

Así llegaron al parque. Mingus se sentó mientras los árboles se agitaban con el viento. A su alrededor estaban las 420 tarántulas (en este tiempo habían nacido cinco pequeñas). Algunas permanecían en sus hombros, piernas o cabeza, el resto jugaba en la banca o en el pasto cerca de él. En un instante, al ver sus ojitos, recordó a su amigo, el entrenador de tarántulas, se puso un poco triste de que él no pudiera acompañarlos en ese momento, aunque pensó que él estaría muy orgulloso de esa amistad.

Quiso llorar, pero las arañas lo reclamaban. Por eso, para ellas y para todo aquél que quisiera escuchar, habló en voz alta.

—Amigas, ¿sabían ustedes que cuando nos acabamos por completo un jabón, el espíritu de ese jabón limpia nuestra alma? Claro que para que esto suceda tenemos que terminárnoslo enterito, no debemos deshacernos de él, por más pequeño que sea hay que desintegrarlo con el uso. Por esto les digo que a partir de hoy consumiremos los jabones hasta el final y nuestras almas bien lavadas nos lo agradecerán.

El perro escritor

A pesar de que para muchos era extremadamente peludo, él no pensaba igual, por el contrario, vivía feliz con su abundante pelaje color miel. Otro detalle que lo distinguía eran sus grandes orejas, también repletas de pelambre, que con frecuencia rozaban el piso, motivo por el cual, de sus puntas colgaban con regularidad polvo, hojas de árbol, envolturas de plástico y hasta paletas de dulce que llevaba paseando durante días.

Ése era pues un perro lanudo, vagabundo y despistado que a otros perros contaba cuentos que los divertían y emocionaban. Así recorría las calles, paseando mientras sus bigotes se movían con el viento. Inventando, debajo de tanta melena, personajes nuevos y enredándolos en increíbles situaciones.

Sin embargo, aunque disfrutaba de su forma de vida, también vivía angustiado por no poder platicar historias a otros perros que vivían lejos de donde él acostumbraba rondar. Se lamentaba por no tener la capacidad de plasmar sus ideas en papel o en algún otro lugar. Calculaba siempre que, por cada dos orejas que escuchaban una de sus historias, había millones de oídos que jamás las conocerían. No buscaba gloria, ni fama, ni fortuna, sólo quería contar historias de perros a otros perros.

Por las noches se reunía con grupos de canes para contarles cuentos. De su hocico bigotón y peludo brotaban cascadas interminables de sucesos insólitos. Hilvanaba con destreza instintiva descripciones maravillosas de lugares lejanos y personajes increíbles envueltos en situaciones sorprendentes. Por eso, durante el tiempo que pasaba narrando sus relatos, los presentes escuchaban atentos y en silencio, dejándose llevar a los mundos y los habitantes que él sabía crear.

Al final de cada sesión había siempre unos momentos en silencio, era el tiempo en que los asistentes volvían a la realidad. El retorno de los lugares distantes a donde habían sido enviados era gratificante y placentero, tal y como se siente el cuerpo al volver de un largo viaje: cansado, pero al mismo tiempo satisfecho. La reunión terminaba poco a poco. Algunos perros se alejaban olfateando mientras otros permanecían para comentar sobre lo recién escuchado. Pero al final todos, tras despedirse, partían a dormir con la mente tranquila, despejada y dispuesta al más estirado y relajante de los sueños.

La vida transcurría tranquila para el perro, hasta que algo cambió su vida, tal y como siempre pasaba en sus relatos. Esa mañana se paseaba por una calle en reparación. Iba tan entretenido conformando una historia especialmente intrincada sobre seis hermanos galgos que, por no fijarse en dónde pisaba, pasó justo encima del cemento fresco. Poco más adelante, cuando sintió en sus patas algo húmedo y pegajoso, detuvo su paso para mirar lo que le sucedía, así descubrió que se había ensuciado con alguna sustancia gris que provocaba frío en sus patas peludas; al volver para mirar qué había pisado, contempló sus propias huellas estampadas en el pavimento. Entonces sonrió como nunca antes lo había hecho, sus bigotes apuntaron al cielo y los ojos se le abrieron de golpe. Lanzó un aullido tan largo, que sonó más como el paso de un avión.

El perro escritor comprendió en ese instante que había hallado al fin el modo de escribir, supo que había encontrado algo extraordinario, que había pisado (literalmente) un hallazgo fantástico. Se metió de nueva cuenta al cemento fresco y escribió con las huellas de sus cuatro patas el cuento que consideró más adecuado: *Tos de cachorro*.

Cuando por la tarde se secó el cemento fresco, todos los perros que caminaron por ahí leyeron entusiasmados las huellas que contaban la historia del cachorro que tenía la tos mágica. Esa tarde nació un lenguaje nuevo.

Así fue como la leyenda del perro escritor se escribió en cemento fresco. Desde aquel día, el distraído vagabundo agilizó sus paseos por la ciudad manteniendo su olfato bien atento para localizar banquetas en reparación. A partir de

entonces, tuvo que aprender a combinar su actividad de cuenta cuentos con la de escritor de banqueta. De ese modo, perros que jamás conocieron personalmente al peludo escritor hoy pueden leer sus fabulosas historias.

Y aunque existen numerosas teorías (muchas de ellas escritas en las propias banquetas) que aseguran que viajó por todo el mundo plasmando historias, se cree que otros perros continuaron su tradición. Al final, el crédito no importa, lo que realmente interesa es que hoy se pueden apreciar repartidas por todas las ciudades del mundo historias de perros escritas en el asfalto, que si bien nosotros no podemos comprender, ellos leen y releen emocionados; agradeciendo y recordando siempre a esa primera pata que plasmó la huella original, cualquiera que de las cuatro patas del perro escritor haya sido.[1]

---

[1] Traducción al castellano realizada y cedida para su publicación por un golden retriever. La historia original, todavía hoy, se localiza en una calle del centro de la ciudad de México.

Medio kilómetro cuadrado

Las guerras, como se sabe, traen desgracias a las personas y desdichas a los pueblos. Un buen ejemplo de eso es lo que le pasó a Ira, un país famoso por ser pequeño, pero también por tener a los habitantes más conflictivos y peleoneros de todo el planeta.

Como consecuencia de su gusto por el pleito, los irianos se han enfrascado en un montón de guerras a lo largo de su historia. Pero hace poco eso llegó a un límite, por lo que sus países vecinos decidieron darles un castigo ejemplar. Por eso, mediante el Tratado de Duberangui, les arrebataron más de dos terceras partes de su ya de por sí diminuto territorio. Fue tan grave la pérdida, que el nuevo territorio de Ira quedó de medio kilómetro cuadrado. Como es de suponer, los irianos hicieron un coraje histórico. Hombres, mujeres, niños, ancianos y hasta mascotas, ahora sin hogar, caminaron indignados por las calles. Las pocas casas que quedaban eran invadidas por familiares o amigos deseosos de tener nuevamente donde vivir.

El presidente iriano, un señor enojón perteneciente a una familia famosa por su mal carácter, convocó a junta popular que tenía como misión decidir lo que debía realizarse para aliviar el malestar generalizado. Había que encontrar alguna solución para acomodar a alrededor de mil familias dentro de 500 metros cuadrados.

En dicha junta hubo muchas propuestas. Algunas fueron descabelladas, otras inteligentes, unas francamente imposibles y muchas más sinceras, pero ridículas. Al final, en medio de gritos, la tranquila voz de un niño llamado Bruno propuso una idea que a todos agradó, tanto, que de inmediato se aprobó por unanimidad. El presidente iriano parecía contento, estrechó la mano de Bruno y ordenó que se comenzara a trabajar desde la mañana siguiente.

La solución era sabia debido quizás a su simpleza. La primera acción del plan consistía en derrumbar todas las construcciones, casas, edificios, escuelas, hospitales, etcétera. Dejar un territorio plano y, una vez que todo estuviese demolido, construir un jardín que albergaría en su centro un gigantesco edificio: un imponente rascacielos donde ahora vivirían todos los irianos, la majestuosa Torre Ira, una construcción sin precedentes de 302 pisos de altura.

Al día siguiente, desde muy temprano, todo mundo se puso a trabajar. Mientras unos trazaban y sembraban el jardín, otros sacaban los objetos de las casas para dar paso a los derrumbes. Los habitantes, normalmente gruñones, incluso sonrieron. Se sentía en el aire un espíritu patriótico reforzado por cantos irianos tradicionales.

Como se trataba de un plan ultra secreto, nada se dijo a los países vecinos. Éstos supusieron que los irianos se habían vuelto locos, pues lo único que se alcanzaba a ver eran destrucciones de edificios y nubes de polvo todo el día.

"Se estarán peleando entre ellos", pensaron. Pero el tiempo pasó y los mismo vecinos comenzaron a intrigarse cuando comenzó a elevarse un edificio que parecía crecer y crecer sin fin. ¿Acaso querían alcanzar la luna? Se enviaron mensajes diplomáticos para saber el motivo de la construcción, pero los irianos seguían enojados y jamás respondieron.

Finalmente, después de nueve meses (curiosa coincidencia) de intensísimo trabajo, la deslumbrante Torre Ira estuvo terminada. El esfuerzo había valido la pena, pues se trataba de un bello e imponente edificio con una hermosa combinación de colores y tan alto que su punta casi nunca se veía por perderse entre las nubes.

Los irianos, orgullosos, decidieron hacer una fiesta de inauguración exclusiva. Al evento sólo se invitó a un extranjero: el presidente de Derendavia, el único país con el que nunca tuvieron ningún conflicto. Del resto de los países no se invitó a nadie.

La celebración fue fastuosa, duró varios días y se instauró esa fecha como un nuevo

día de la independencia (los irianos tenían, de tantas batallas, unas 14 fiestas de independencia). Tan contento quedó el invitado que escribió un artículo en el periódico más importante de Derendavia contando cómo era que vivían los habitantes en el majestuoso edificio.

En ese artículo explicaba que la planta baja del edificio había sido destinada para los asuntos internacionales, era la frontera. El primer piso estaba dedicado a un museo de la propia Torre Ira; contaba con maquetas de la construcción y se podían adquirir recuerdos, como juguetes, postales, llaveros, camisetas o gorras (recomendaba tomarse la tradicional fotografía con la botarga de la Torre Ira).

Del segundo piso al número 12, estaban reunidos los jardineros que cuidaban el jardín que rodea al edificio. Como los irianos son seres en extremo supersticiosos, no quisieron que existiera el piso 13. Del piso 14 al 30 se concentraba todo lo referente a la educación; ahí estaban las escuelas y las universidades. La vida silvestre tenía un espacio del piso 31 al 40, con tres zoológicos, centros de investigación y museos. La zona comercial estaba ubicada del piso 41 al 60; ahí se podía adquirir comida, vestido, calzado, música, plantas, café, mascotas, joyas, tabaco, herramientas, focos, juguetes, dulces, libros, pinturas, instrumentos musicales y cualquier otra cosa que se pudiera vender o comprar.

A partir de ese punto se concentraban las viviendas, del piso 60 al 200. Se trataba de un espacio hermoso para vivir, un laberinto de viviendas comunicadas por escaleras, túneles, resbaladillas, elevadores, carriles para bicicleta y un eficiente transporte público. Era un verdadero ejemplo de funcionalidad. Sorprendido, narraba cómo, mediante un ingenioso método de construcción, todas las casas tenían ventanas hacia la majestuosa vista que ocasionalmente se cubría por nubes.

El cementerio abarcaba cinco pisos, del 201 al 205. Algo importante eran los elevadores que mantenían comunicado el edificio. Simultáneamente, 40 elevadores subían y bajaban desde la planta baja hasta el piso 150; mientras que al

mismo tiempo otros 40 elevadores subían y bajaban del piso 150 al 302. Algunos llamaban a su sistema *metro vertical*.

Para continuar, en los pisos que van del 206 al 220 estaba instalado el prestigioso sector médico: hospitales, clínicas, centros de salud, de rehabilitación, dentistas y todo lo relacionado con la sanación. La política de Ira se manejaba desde el piso 221 hasta el 230. En esos pisos se dirigían las riendas del país. Los senadores, diputados, asambleístas, burócratas y todos los cuerpos legislativos se encontraban concentrados en esa área. Ahí también vivía el presidente de la Honorable República de Estados Irianos.

Algo importante a considerar, dado el carácter de los irianos, era la cárcel, que increíblemente ocupaba 70 pisos, los que iban del 231 al 300. Y es que para ellos era de lo más normal que una buena parte de la población pasara al menos una temporada en la cárcel, por cuestiones de temperamento nacional. Por último, el aeropuerto internacional, construido con las más modernas técnicas de ingeniería aeronáutica, se localizaba al aire libre sobre el techo de los últimos dos pisos.

Ése era, a manera reducida, el reporte que el presidente de Derendavia dio a conocer de La Torre Ira. Su reporte concluía con la frase: "Es ése, pues, un ejemplo para el mundo, un país que se erigió hasta las cimas de la utopía y que desde allá arriba nos recuerda que, de las adversidades, un pueblo supo ascender rumbo a las estrellas".

Ese reportaje mereció la admiración del planeta, pero en Ira generó enojo y polémica. Muchos querían pelear, y por muy poco se inicia una nueva guerra. Fue gracias a que Bruno habló con el presidente de Ira que las cosas se traquilizaron; pues, no sólo calmaron su rabia, sino que entendieron las posiblidades favorables e incluso abrieron sus puertas a los visitantes.

Al día de hoy, Ira es un país muy visitado y admirado. Muchos lo conocen y disfrutan. En esos paseos los visitantes reconocen a un pueblo inteligente que prefirió elevar la mirada al cielo, antes que mantener los ojos ocupados en buscar una venganza contra el mundo que los encerró en medio kilómetro cuadrado.

La misteriosa desaparición de Godardo

Metido entre las cobijas Benjamín mantenía claro el último de sus sueños: un ángel llevándole a la cama una cucharada de miel. Con esa imagen se levantó, caminó hacia su pecera y destapó el alimento de Godardo, su pez amarillo. Echó y echó comida mientras los fragmentos se dispersaban por la superficie. Pero al terminar, al momento de cerrar el frasco y abrir los ojos, descubrió que en su pecera no había pez alguno: ¡Godardo no estaba!

La impresión despertó a Benjamín de golpe. El sueño se le esfumó igual que una lagartija que huye espantada. Tenía que pensar en algo. De inmediato abrió sus cajones, sacó todas las fotografías que guardaba de Godardo y eligió una donde se veía al pez con su mancha negra alrededor de los ojos: aquella enorme peca en forma de antifaz.

Con la fotografía seleccionada, Benjamín se sentó en su escritorio, sacó un plumón, pegamento y tijeras, y en cinco minutos había terminado un letrero que decía:

SE BUSCA

Pez amarillo con mancha negra alrededor de los ojos, responde al nombre de Godardo.

Si lo ves llama al teléfono: 568808865

Concluido el letrero corrió a la papelería a sacar copias. Mientras la foto del pez se repetía cientos de veces, Benjamín pensaba en Godardo. Recordó cómo siempre había sido un pez inquieto que gustaba de brincar afuera del agua y cuando cayó en un vaso con limonada. Tal vez era que la pecera le quedaba pequeña.

Ya con sus copias bajo el brazo, fue a pegarlas por toda la ciudad, en postes de luz, semáforos, tiendas de mascotas, estaciones de policía, bomberos, panaderías, hospitales, escuelas e, incluso, en el interior de una importante tienda de rompecabezas.

El primero que respondió al anuncio fue un hombre canoso que vestía pantalón gris, zapatos grises, cinturón gris, calcetines grises, camisa gris, chaleco gris, bufanda gris y corbata blanca. Él había visto el anuncio en una panadería mientras compraba bolillos.

—¿Y cómo es el pez que usted encontró? –preguntó ansioso Benjamín.

—¿Cuál pez? –respondió el hombre.

—El que vino a enseñarme, el que trae en esa bolsa.

—Ah, sí, claro, el pez. Es que tengo mala memoria.

Benjamín tomó la bolsa que el hombre de gris le dio, pero ése no era Godardo; de hecho, ni siquiera era un pez, era un calamar. Aunque eso mejor no se lo dijo al hombre, pues se veía tan contento que prefirió no entristecerlo.

Pero él no fue el único en responder al anuncio; desde temprano aparecieron cientos de personas que creyeron encontrar a Godardo. Así, frente a los incrédulos ojos de Benjamín, desfilaron bagres, mantarrayas, tortugas, pulpos, camarones, cangrejos, mojarras, erizos, salamandras, un pez globo y uno aguja. De hecho, el mismo señor de gris volvió (lo había olvidado) sin saber todavía que lo que tenía no era un pez, sino un calamar.

Al tercer día llamó a la puerta un misterioso personaje vestido todo de negro y con barba postiza.

—¿Aquí buscan al pez Godardo? –le preguntó.

—Así es –respondió Benjamín.

—¿Será éste acaso?

El hombre mostró una bolsa de plástico transparente donde llevaba a un pez igual a Godardo. Benjamín sonrió y tomó de inmediato la bolsa.

—Con siete mil dólares que me den estará bien, esto por los gastos de investigación.

En ese momento, al pez comenzó a caérsele la pintura amarilla. Extrañado,

Benjamín agitó la bolsa y al ver que el pez volvía a su color azul original volteó a ver al hombre, pero éste había huido. Luego se enteró de que se trataba de un famoso falsificador tan hábil que había huido a Australia donde andaba vendiendo gatos disfrazados de koalas.

La cuestión era que de entre todos estos increíbles peces Godardo no apareció. La pecera vacía recordaba la ausencia. El tiempo pasó y los anuncios fueron tapados con publicidad o arrancados por el viento; otros se mojaron por la lluvia que deslavó la tinta de los letreros que parecían llorar lágrimas negras.

Por esos días, Benjamín salía a la calle siempre acompañado con un frasco del alimento de Godardo. Por si acaso, echaba un poquito en fuentes, charcos, albercas y en el único río que todavía existía en la ciudad. Pero nada de eso había funcionado y el frasco estaba a punto de acabarse.

La tarde en que el alimento se terminó, Benjamín estaba sentado en el borde de una fuente viendo cómo los últimos fragmentos se dispersaban. En ese momento, un círculo amarillo salió desde el fondo de la fuente para devorar a la hojuela. Ante los ojos sorprendidos de Benjamín, ese círculo amarillo se comió el resto del alimento hasta terminarlo por completo. Benjamín presintió que se trataba de Godardo, pero no podía estar seguro. Trató de mirar a través del agua pero estaba tan sucia que era imposible, no fue sino hasta que el pez salió del agua, agitándose como un diminuto delfín, que Benjamín pudo ver al fin a Godardo.

Así fue como se volvieron a encontrar para ya no separarse más. A los pocos días el señor de gris volvió con su calamar, venía de la panadería y traía un cuernito relleno de chocolate. Esta vez, Benjamín decidió tomar al calamar y dejarlo vivir en la pecera junto a Godardo. Como ya tenía una pecera más grande, había espacio suficiente para los dos.

Tal vez por la compañía, tal vez por la experiencia vivida, el caso es que Godardo jamás se volvió a escapar ni brincó ya nunca más, ni a la calle ni a ninguna otra bebida. El que sí se escapó fue el calamar, pero bueno, ése ya es otro cuento, uno muy diferente a la misteriosa desaparición de Godardo.

La crisis de los problemas matemáticos

Si alguna vez has visto un problema matemático, ya sea de manzanas o de trenes viajando a tal velocidad, o cualquier otra cosa, entonces sabrás de lo que se trata este cuento. Y es que hace un tiempo no muy lejano se dio la peor crisis de problemas matemáticos que la humanidad haya vivido jamás.

Pero para contar este episodio de manera apropiada, primero se debe decir que todos los problemas matemáticos que, incluso hoy, existen en las escuelas del mundo fueron escritos por un mismo hombre. Un genial matemático, sin duda el más grande de la historia moderna.

Cuando comienza esta historia, unos días antes de la crisis, el hombre de los números tenía una vida ordenada en torno a su oficio. Vivía solo en una cabaña localizada en los bosques bajos de una montaña. Cada día se despertaba poco

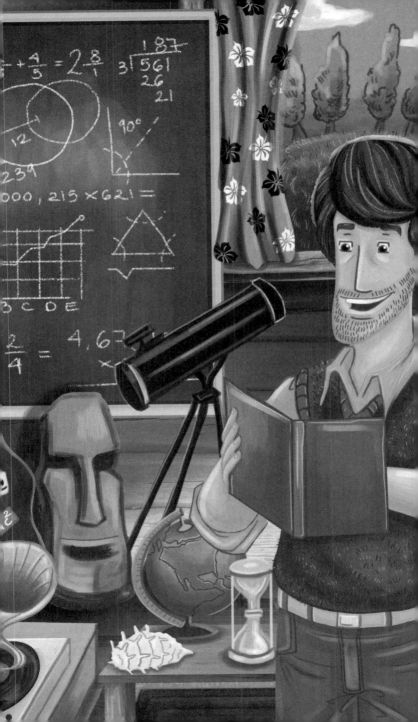

antes del amanecer, se cepillaba los dientes, el cabello y de inmediato comenzaba a escribir. Lo mismo se ocupaba de sencillos problemas con sumas de manzanas que de complejas proezas aritméticas creadas especialmente para matemáticos profesionales.

Era tan exigente con su trabajo que lo revisaba y corregía hasta quedar por completo satisfecho. Cuando no estaba planteando un problema nuevo, escribía notas sobre posibles temas a desarrollar en el futuro. A mediodía dividía el total de su trabajo entre el número de horas que llevaba despierto y anotaba esa cifra para más tarde comparar promedios. Al final de la jornada, antes de retirarse a dormir, firmaba los problemas que lo habían dejado complacido.

Como no le gustaban las ciudades (otra cosa que odiaba eran las calculadoras), utilizaba palomas mensajeras para mandar los problemas al Consejo Mundial de Maestros de Matemáticas (CMMM). Ahí, un comité de maestros de varias nacionalidades recibía los problemas, los resolvía, cataloga y traducía para después distribuirlos a los diferentes países del mundo.

Este mecanismo funcionaba sin problemas, como un reloj suizo, como el dos más dos, al menos, hasta una fría tarde del mes de octubre...

Ese día, después de una sesión de trabajo dedicada a las ecuaciones de tercer grado, para despejarse el matemático decidió salir a dar un paseo por el bosque. Así, cuando salió de su hogar contando las piñas caídas y pensando en un problema de piñas en el bosque, observó a una hermosa mujer sentada entre las ramas de un pino. Aquella dama de cabellera negra, vestía por completo de negro, excepto por una bufanda azul que colgaba de su cuello y que era del mismo tono que sus ojos.

Esa joven de ojos claros resultó ser la única hija de un campesino que vivía de sembrar y cuidar los pinos que a fin de año vendía como árboles de Navidad. Además de visitar a su padre, ella estudiaba biología en la ciudad y, precisamente por aquellos días, se encontraba realizando una investigación de campo sobre el peculiar comportamiento de los pinos de punta chata.

Al sabio matemático, desde el día en que vio a la mujer, se le agolparon en la cabeza todos los números y fórmulas conocidas. A partir de entonces no pudo pensar en otra cosa que no fuera la hermosa dama de los ojos azules. Durante el día la extrañaba y cada número le recordaba alguna parte de su cuerpo. Por las noches imaginaba que dormía abrazado a ella, acariciaba su cabello y la miraba respirar, pero a los pocos segundos despertaba para descubrir que todo había sido un sueño, pues aquello que veía era una almohada y lo que acariciaba era el relleno. Entonces volvía a dormirse, mucho más triste de lo que se había acostado.

Por eso estalló la crisis. Las palomas mensajeras dejaron de aparecer por el CMMM. La falta de problemas matemáticos se convirtió en un severo dilema que afectó, primero, a todas las escuelas y, luego, al mundo entero. Los alumnos, que conocían de memoria los viejos problemas, anotaban las respuestas de forma mecánica, por eso hasta los más burros de la clase podían resolver cuestiones complejas. Las calificaciones de matemáticas comenzaron a subir como globos con gas.

Pero no sólo fue eso; el caos se apoderó del mundo entero. Sin problemas matemáticos las ciudades confundieron sus horarios, las salidas de los transportes se retrasaban o adelantaban, los récords olímpicos se rompían; ni las telecomunicaciones, ni los bancos, ni el internet servían bien. Por esta situación algunos maestros intentaron escribir nuevos problemas, pero no funcionaban, eran muy malos y les faltaba imaginación; tenía que buscarse otra salida.

Se llamó a escritores (dos premios Nobel entre ellos) para que escribieran problemas matemáticos. Aunque no resultó, porque si bien los problemas tenían una estructura dramática apropiada, carecían de dificultad e inventiva matemática. Se convocó a científicos y al público en general con premios internacionales, pero el resultado nunca fue positivo: se necesitaban las ideas del erudito montañés.

Desesperados, los matemáticos del CMMM decidieron ir por el hombre de los números.

Tras una larga travesía, llegaron al fin a la cabaña; ahí lo encontraron sumido en la tristeza, alimentando a sus palomas mensajeras con avena. Eran 17 palomas (número primo) que ahora tenían cada una un nombre distinto de mujer, pues, como él no sabía el nombre de su musa, le había puesto a cada una algunos de los nombres que ella podría llegar a tener.

Después de saludar a sus colegas, mientras todos tomaban una taza de chocolate caliente, el viejo explicó cómo, aunque tenía la intención de escribir para la mujer los más hermosos poemas de amor, de su pluma únicamente brotaban problemas matemáticos, tan complejos y elaborados, que ella sería incapaz de resolver.

Ante la gravedad de la situación, los maestros decidieron que escribirían juntos un poema de amor. Cada uno aportaría una frase y no se podría avanzar hasta no tener la aprobación de los demás.

Enclaustrados, los maestros trabajaron, padecieron y sufrieron, pues si ninguno había escrito jamás poema alguno, mucho menos uno de amor. Debieron pasar más de 15 horas de reunión obligada para que terminaran el poema titulado *Ojos de mar*. Una paloma blanca, porque así les pareció más romántico, sería la encargada de entregar el escrito.

El día convenido, la mujer estaba trepada en la rama de un pino de más de 10 metros de altura, viendo con sus binoculares las puntas de los pinos, cuando la paloma blanca se posó a su lado. La dama colgó los binoculares en su cuello, quitó el papel de la pata del ave y lo desdobló para leerlo. Al terminar la lectura guardó el papel en su camisa sin emitir ninguna reacción, descendió de las ramas con cuidado hasta encontrarse con el matemático que esperaba una respuesta. Ella sólo dijo que era curioso cómo las palomas de esa área llevaban poemas envueltos en las patas.

El sabio se derrumbó por dentro. Supuso que a su adorada no le había gustado el poema. Mientras el matemático daba vueltas en su cabeza calculando el número de posibilidades del desencanto, la mujer volvió a sus cuentas, intentaba completar una fórmula estadística. Casi por accidente, preguntó al viejo si acaso él sabía algo de matemáticas. Los ojos del hombre se iluminaron, tragó al instante la suma de sus pesares y sonrió. Siempre aseguró que ése fue el momento más feliz de su vida.

Lo demás de esta historia ocurre tal cual muchos lo suponen. La pareja se enamoró. Él conoció el nombre de ella (resultó que había acertado con el nombre de una de las palomas). La crisis de los problemas matemáticos terminó. Al poco tiempo se casaron en ese mismo bosque, el mes de marzo del año 2014 (como 3.14). El padre de la novia decoró para la ocasión al mejor de sus pinos, un ejemplar impresionante de más de 50 metros de altura. Bajo la inmensa sombra de ese árbol se llevó a cabo la ceremonia.

Hasta la fecha la pareja vive feliz en lo alto de la montaña. Tienen tres hijas y dos hijos. Por estos días, ella descansa, pues espera al sexto descendiente de la familia: un varón. El último, prometen ambos. El hijo que crecerá jugando entre ábacos y microscopios, ése que seguramente será algún día un gran matemático, o un gran biólogo, o un gran criador de palomas mensajeras o, al menos, un gran escritor de poemas de amor.

La vieja leyenda
del pez brillante

Hace tiempo, en el cielo nocturno había una estrella que vivía muy aburrida. Para ella, el tiempo transcurría entre largos bostezos. No le gustaba mirar a su alrededor y ver a otras millones de estrellas idénticas todas entre sí. Ella quería hacer algo diferente, ser distinta, pero no sabía cómo. Por eso prefería imaginar lugares exóticos repletos de criaturas de colores, con formas, tamaños y texturas variadas.

Una noche la estrella veía para abajo, hacia nuestro planeta. Miraba justo un lago localizado en medio de un tupido bosque de pinos. Como la noche era despejada, sin luna y sin nubes, la estrella pudo contemplar su propia imagen reflejada en la superficie del agua. De inmediato sonrió y agitó sus puntas comprobando que sus movimientos se repetían idénticos en el reflejo. Emocionada, sacó su lengua brillante y verificó que el reflejo imitaba exactamente lo mismo que ella hacía.

Las demás estrellas, incómodas por los movimientos de la pequeña, reanudaron sus conversaciones en tono más bajo. Sin tomar en cuenta estas molestias, la estrella siguió jugando divertida y dio de maromas.

Minutos más tarde descubrió que su reflejo se había desplazado del centro del lago y ahora se aproximaba a la orilla. Para evitar que su imagen se perdiera, la estrella avanzó en sentido contrario al de sus demás compañeras de modo que nuevamente su figura se ubicó al centro del lago.

—¡Pero qué haces! –exclamaron al unísono un grupo de estrellas que alarmadas presenciaron el atrevido movimiento.

Ella no respondió, se limitó a mantener su paso a contracorriente. La falta de respuesta incrementó la indignación y molestia de las otras estrellas, quienes elevaron sus voces provocando un escándalo que a la pequeña no molestó en absoluto. Su único deseo era seguir jugando con su imagen en el agua.

—¿Qué no ves que vas en sentido contrario? ¡No puedes hacer eso! ¡No está bien! ¿Cómo te atreves? ¡Inconsciente!

A esos gritos de alarma se unieron nuevos chillidos provenientes de las otras estrellas que se aproximaban y que además debían hacer un esfuerzo enorme para no chocar contra la pequeña.

Mientras todo ese bullicio ocurría a su alrededor, la estrella rebelde seguía entretenida mirándose en el lago, haciendo gestos con la cara y figuras con sus puntas. Se entretuvo tanto y encontró tantas posibilidades de juego que pasó la noche retozando, manteniendo siempre su reflejo al centro del lago, a pesar del enorme cansancio que representaba tanto movimiento.

No fue sino hasta después, cuando la oscuridad comenzó a desvanecerse, que la estrella se descubrió exhausta. Agotada, vio cómo la poderosa luz del sol iluminaba el cielo y se percató de que, poco a poco, las últimas estrellas del cielo desaparecían por el brillo de la madrugada.

Su temor aumentó cuando descubrió que su reflejo era cada vez más débil y amenazaba con desaparecer de un momento a otro. Pero, además del miedo y el cansancio, estaba muy mareada por un calor que jamás había experimentado. Las brillantes gotas de sudor que salían de su frente caían como una lluvia de chispas en la superficie del lago.

Una vez que su reflejo se esfumó por completo, la mirada se le nubló. En ese momento la luz del sol la cegó y, exhausta, la pequeña estrella cayó desmayada.

Tras una impresionante caída libre, la estrella fue a chocar directo contra la superficie del lago para después hundirse hasta el fondo. De tal suerte que el mismo lago que una noche antes la reflejara, ahora la guardaba en sus aguas. Allí pasó el primer día, inconsciente, enredada entre las algas que se encuentran en la parte más profunda del centro del lago.

Los habitantes acuáticos pronto visitaron al ser extraño que había caído del cielo. Nadie se atrevió a acercársele debido quizás a la fuerte luz que emitía. Sin saberlo, mientras permanecía desmayada, la estrella tenía una multitud de diversas criaturas admirándola.

Cuando un pez feroz escuchó el rumor de la llegada del ser luminoso, nadó curioso hasta donde yacía la estrella. Todos creyeron que él también mostraría temor, sin embargo, los destellos no parecían espantarlo y, como le encantaba lucir osado ante los demás, en una muestra de valor desmedido se tragó a la estrella de un solo bocado sin siquiera arrojar burbujas de aire.

Como se sabe, los peces son animales fríos y eso ayudó a que la diminuta estrella se recuperara. Tras enfriarse durante varias horas, comenzó a retomar las fuerzas y despacio estiró sus puntas. Estos movimientos provocaban en el pez cosquillas estomacales que le encantaba experimentar, pues lo impulsaban a nadar de un lado a otro.

En el interior, la estrella también estaba contenta. Descubrió pronto que le agradaba la sensación de comodidad y humedad, además de rascarse de vez en cuando contra las espinas interiores del pez y espiar el exterior cada vez que éste bostezaba. Pronto aprendió que, pinchando en determinada forma las entrañas, el pez abría la boca en señal de molestia y, de esa forma, ella podía mirar lo que ocurría en ese lugar misterioso, tan repleto de colores y criaturas que superaban por mucho lo que ella imaginaba desde el cielo.

Durante la noche, la luz que emitía la estrella provocaba que de los ojos, aletas, cola y boca del pez se proyectaran largos rayos blancos que bañaban todo el lago. El bravo pez dejó de ser peligroso, pues la luz anunciaba su llegada y, ante eso, todos huían. Se aficionó por necesidad a las algas y no le importó volverse vegetariano, pues el hecho de ser brillante lo enorgullecía. Le encantaba pasearse en las noches, similar a un foco acuático.

A partir de aquel día la estrella habitó dentro del pez y no salió más. A veces, cuando sentía nostalgia por el cielo nocturno o por sus compañeras, pinchaba al pez obligándolo a mantener la boca abierta para contemplar a sus hermanas través de la superficie. Algunas veces las veía normales y otras deformadas por

las ligeras olas que provocaba el viento o algún murciélago que volando pasaba para tomar un buen sorbo de agua.

Pero cuando no podía verlas, debido al cielo nublado o a alguna lluvia, cerraba los ojos y usaba su imaginación para recordar los días en que vivía con ellas. Entonces, se acordaba cuando tiempo atrás soñaba despierta, cuando imaginaba otros mundos más coloridos. Eso la hacía sonreír pues, finalmente, después de un desmayo y una larga caída, había caído justo en el centro de uno ellos.

El perro escritor y otras historias
terminó de imprimirse en 2015
en Criba Taller Editorial, S. A. de C. V.
Calle 2 número 251, colonia Agrícola Pantitlán,
delegación Iztacalco, 08100, México, D. F.
Para su formación se utilizó la fuente ITC Stone Serif
diseñada por Sumner Stone en 1988.